KB106631

기차는
꽃그늘에 주저앉아

기차는
꽃그늘에 주저앉아

김명인 시집

민음의 시 207

민음사

중심을 견디려 애쓰며 이 시집을 엮는다.
근년에서 원년으로 펼쳐 놓았으니
거꾸로 읽혀도 좋겠다.

2015년 3월
김명인

차 례

2014/2011

살청밖에 없는   13

고사리 밭   14

헬리콥터   15

벼랑 아래 낚시꾼   16

외로운 세포   17

보라성게   18

남과 여   19

산란   20

달과 시   21

누명   22

각별한 사람   23

범벅에 꽂은 저라   24

봄비   25

삼천포   26

꿈 첩첩   27

선지   28

하루살이   29

눈보라   30

2010/2006

여우비   33

장편(掌篇)   34

놀이야 어느 땐들   35

강과 달   36

걱정   37

황금 연못   38

지상의 문   39

후렴   40

하늘 난간   41

가뭄이 없다면 적실 몽리(蒙利)도 없는 것   42

혈서 일필   43

물가재미식해   44

나른한 협곡   45

어두워질 때까지   46

기차는 꽃그늘에 주저앉아   47

바쁜 등기   48

장마   49

화륜선   50

2005/2001

부석   53

수상한 접선   54

너의 문안에 대답할 수가 없다   55

파르르   56

산벚   57

아침   58

황룡사   59

서호 일박   60

가족   61

황사 속에서   62

함박꽃 장례   63

12007515   64

염소   65

진해   66

여를 감싸다   67

여울 바위 아래 고요가 산다   68

달랑   69

저 차도 달리고 싶다   70

쾌청   71

시인의 말 | 골몰의 시학 — 열 줄의 실행   73

2014/2011

살청밖에 없는

오늘은 극빈, 하늘엔 구름 한 점 없다
철 늦은 바다도 그렇다, 가난에
저리도록 멍들었으니
기근도 무성하면 의혹이 되는
천 길 수심 앞이다
어른거리는 수평선도 텅텅 비우고
채울 줄 모른다, 알을 비운 성게처럼
서로에게 들이밀 것 살청(殺靑)밖에 없는 창상이여!
창칼이 부딪혀 공명하는 쇳소리
참, 멀리까지 굽이친다

고사리 밭

웃자라 활짝 핀 고사리를 며칠째 베어 낼 때
부드러움에 감칠맛이 있다고 믿는 것으로
척추를 세우기도 전에 이 노동은 질겨진다
이슬로도 축이며 풀은 쇠는 것이어서
고사리 밭 가운데서 푸드덕 꿩이 난다
유월의 고사리는 맹금의 부리를 지녔다
잡목을 몰아낸 승자의 터전으로
비탈을 덮어쓰고도 독초처럼 진심을 감춘다
사내들이 뱀이 많다는 고사리 밭을 가로질러 간다
바닥째 들썩이는 피복의 힘,
이 산등은 오래전부터 단장의 피 울음에 절었다

헬리콥터

앞산 숲 머리로 암소 지나듯 느릿느릿
헬리콥터 날고 있다

숲의 갈기를 젖혀 회오리 소란 뿌려 놓고
산등 너머 가는 헬리콥터,
한참 만에야 진정되는 잔음 저편으로
내가 따르던 구름 갈기갈기 찢겨져 흩어졌다

헬리콥터, 그녀의 속방이길 거부한 날부터
한 뼘 시야를 겨우 트는 산등성이 위로
무시로 회오리, 피어오른다

나는 그녀의 문턱에 걸터앉아 본다

벼랑 아래 낚시꾼

벼랑 아래의 포말은 언제나 먹먹하다
직벽에 얹힌 노을을 디디고 선 낚시꾼 몇
파도 귀로 듣는 것은 환청이다
수압에 짓눌리며 사이렌 으스러지지만
사체들은 부패되어야 수심을 찢고 솟아오른다
몇 해 전 태풍이 벼랑을 핥았고
그때 휩쓸린 낚시꾼들이 소문을 낚고 있는 밤
잡은 물고기는 죽은 물고기
밤 소풍 나온 귀신 고래나 홀치려고
탐조등 훑어 내리는 직벽에 붙어 서면
펄펄 뛰는 파도에 실려 온 인광(燐光)들이
발치를 적시며 쏴쏴거린다

외로운 세포

열애의 한때를 떠올리며 텅 빈 골목을 지나간다
갑자기 길 끝 활짝 열리며 거기 호수가 있네
저녁 햇살 끓이는 수면이여, 다툼들 모여
덩어릴 이루는 장관이여, 햇살 하나하나로
저마다의 호수를 살아 낸다면
곧 지워질 수변이라도 물이랑은 찰랑거리며
오고 또 온다, 물이 물을 덮쳐 호수이듯
죽음도 세포 하나로 더듬는 입구여서
사멸은 오래전부터 내 몸속에 증식된 것
그런 순교를 저 석양은 내게 잠깐 들춰 보인다

보라성게

누구에게도 들키지 않게 마음 깍지 낄 때
가시로 찔러 와 끌어당길 수 없는 네 몸처럼
무참히 찔리면서도 한사코 들이미는 명색이라니!
너는 그 집착을 꿰뚫는 사람, 네 곁에
풍파의 사랑 하나로 후들거리며 서 있느니
시퍼런 바다 깊이를 덮쳐 오는 백화로
나는 지금 삭고 있다, 그런 수심 벗겨 봐야
속을 텅텅 비운 보라, 성게는 무성하게 번성하는가?
어미 한 마리가 바위 둘레에 새끼를 잔뜩 슬어 놓았다*
가난한 밥상일수록 숟가락질은 요란한 법!

* 성게는 무성 생식을 한다.

18

남과 여

자정을 타 넘고 끊어질 듯 이어지는
남해 민박집 바람벽을 적시는 비음들
한 사랑 시들어 다른 꽃으로 옮긴다 해도
빈 몸으로 환승 않겠다는 나비의 결심, 나지막한
날갯짓으로 간간이 펄럭이는데
말소릴 자꾸 잘랐다 기워 놓는
쿵쿵거리는 상상력 누가 말리랴, 여자가 느꺼워해
혼곤한 내 밤이 한참이나 더 젖는다
건너가는 내일이라면 거긴 어딜까, 암향과 역광
뒤척거려 그대들 멀미 짐작도 안 되지만

산란

태풍 뒤끝이 안개 깊이로 고여 있다
눈앞으로 얼핏 물고기 닮은 새들이 날아갔다
안 보이는 울음이 쭈르르 뒤따라갔다

세찬 폭풍우에도 용케 무사했던 것들,
어떤 산란은 풍파의 날개에도 얹혀 있으리라!
태어나고 사라지는 일생을 생각했다

정오 지났는데도
파도 소리 좀처럼 수그리지 않는다

달과 시

없는 것을 주겠다고 약속하고서
잊고 산 지 몇 달 되었다
독촉 전화 거듭 받고서야 내게 없는 시
저 달 속에 심겨 있음을 쳐다본다
문득 비우고 채우는 이레의 달
못 지킨 약속에 대한 보복처럼 달은
반월도 치켜들고 마구잡이로 구름을 베며 나아간다
베이는 일은 시의 길,
마음엔 구름 펼칠 빈자리조차 없었으니
우두커니 눈 시린 달의 시 바라본다

누명

처음엔 풀꽃 이름이 가물가물해졌다
조석으로 줄어드는 그릇 속 흔적처럼
하루의 동선들이 안팎 없이 씻겨 내렸다
돌아서면 등 뒤조차 아뜩해졌을 때
기억은 몸에 다가서려는 듯 깜박거렸다
바람벽에 분칠하고도 삼 년을 더 버텼다
오늘은 딱 하루만 연명하려고
머리맡에 식구들 둘러 세운 밤
어둠에 들뜬 창밖 벌레에게 덮어씌우는 누명도
'모른다'라는 포박이 없는 굴레였다

각별한 사람

그가 묻는다, "저를 기억하시겠어요?"
언제쯤 박음질된 안면일까, 희미하던 눈코입이
실밥처럼 매만져진다
무심코 넘겨 버린 무수한 현재들, 그 갈피에
그가 접혀 있다 해도
생생한 건 엎질러 놓은 숙맥(菽麥)이다
중심에서 기슭으로 번져 가는 어느 주름에
저 사람은 나를 접었을까?
떠오르지 않아서 밋밋한 얼굴로
곰곰이 각별해지는 한 사람이 앞에 서 있다

범벅에 꽂은 저라

황혼에 둘러앉은 들의 안팎이 지워진다
꾸물대던 구릉도 어느새 제 식구들
불러들였다, 저문다는 것
소상하던 비애의 원근들이 사방에 땅굴을 파고
두더지처럼 들어앉을 시간
은폐여, 마음의 귀라도 열어 둔 것이어서
능선을 넘겨주지 않는 산맥 첩첩하다
안다는 것 둘레나 적시는 얼룩이니
저 산등 거두려고 저녁노을 타오르네
누군가를 품어 범벅에 꽂은 저(箸)라*

* 일을 튼튼하게 처리하였다 마음 놓고 있으나 실은 허술하여 낭패 보기
쉬운 경우를 뜻한다.

봄비

모종을 옮기던 꽃삽들이
텃밭 모서리에 꽂혀 비 맞고 있다
새벽녘, 산판으로 올라간 사내들은 이 우중
어디쯤에서 간이 대피소 차려 놓고 비 가릴까?
푸릇한 산자락이 하루 종일 펄럭거리며
봄비를 불러 모으는 시절
산 아래 여자들은 제 몸의 묘상에 새싹 틔우려고
아름드리 통나무를 싣고 돌아올 사내들
기다린다, 빗소리에 물오른 낮잠
지레 젖는 줄도 모르고!

삼천포

꼬마 도선이 커다란 배 한 척 몰고 온다, 밤 항구로
이끌리는 불 밝힌 아파트 한 채
부서지는 은파가 좋고, 연무 속
물목이 세찬 삼천포, 불빛 가멸어
누리지 못하는 자정이야 다시 바다로 나서는
통통배 같고, 그 뱃길 지키려고 외눈 밝혀 든 등대
낮으로 오면 항적도 기약될 텐데
무적 짧으니 외로움아, 믿지 마라, 철 지난
마음 안아 나르려고 사투리까지 벌거벗었으니
너는 어디 가고 섬들만 어둠 속에 비스듬히 잠겼다

꿈 첩첩

꿈결이 휘두른 주먹에 아내가 또 맞았나!
비명 소리에 놀라 엉거주춤 깨어 앉지만
새기고 새겨도 주먹까지 휘둘렀어야 할
자각몽이 없다, 꿈 판은 현실의 그림자라는데
복면들과 싸운 갑주 속 몸이 천 근이다
근래엔 좀처럼 편안한 잠 이어 보지 못했다
베개에 부려 놓아도 흐릿한 비몽사몽뿐,
벗겨야 할 그림자 첩첩한 새벽인데
밤새 뿌려진 악몽일까, 안개의 발목들이
창밖에도 자욱하게 떠다니고 있다

선지

방금 따낸 선지는 뜨끈뜨끈 물컹하니 끈적거려서
엉켜 붙는 뒷심으로도 그 많던 식구들에겐
더할 나위 없는 영양 식단이었다

언젠가 끔찍했던 교통사고의 뒷자리에 낭자하던 선지
헌혈 한 번 안 한 목숨도 자빠지면 길바닥에
제 양푼 엎지르는데
숭숭 파인 선지 숟갈로 떠먹을 때마다
나는, 어떤 헌신도 소만큼 값진 피의 제사는 없다고 확
신한다

트럭에서 끌어내린 소 한 마리, 선지 힘으로
도축장 철문 문턱을 버티고 섰다, 저 황소고집!

하루살이

하루살이 떼가 숲길을 따라오며 얼굴 둘레로 난다
눅진한 땀 냄새에 이끌린 것이지

(하루를 살아도 코는 필요한 것)

손사래에 수없이 스쳤건만
매도 별도 상관없다 비명조차
가로막힌 비문 한 떼로 눈앞이 어지럽다

하루가 한생인
콧등 위 하루살이는
사자의 포효조차 무섭지 않다

눈보라

오랫동안 시를 써 왔다는 말이 어째서
오래오래 잘 살았다는 말로 들리는 걸까?
내리는 눈이 바닥을 다지는 밤에,
들키는 슬픔도 없이 피투성이 전망도 없이
요설의 새벽에 가닿는 것이 나의 시일까?
덮이는 눈은 덮어 버리는 눈일 뿐,
어둠에 푹푹 빠지는 발자국은 발자국일 뿐,
눈발에 걸려 넘어지는 길목도 내 몫인데
시를 써야 한다는 결기 눈물겨워서
뿌옇게 헤매는 눈보라 속을

2010/2006

여우비

엉엉 울 일 아니라는 듯 입술 걸어 잠그고
고개까지 젖히며 애써 소나길 가두지만
빗방울 매달지 않아도 이내 깔리는 눈자위엔
속울음 그렁그렁 번져 간다
푸른 뒤축 재게 밟으며 구름 그늘로 햇살 덮으며
거뒀다 폈다 산등성일 쓸고 가는 저 안절부절
마침내 속엣것 다 쏟아 내는 노을로 주저앉는구나!
오늘은 두 마음이 함께 놀았으니
이 비 잠깐 스쳐 간 것이지, 어느새
활짝 트인 하늘 한 폭 서산마루에 올려놓는다

장편(掌篇)

후박나무 키 낮춘 손들이
가을 한때를 흔들어 보내고 있다
나는, 모든 이별이
천편일률 장편(長篇)인 줄 알았다
바람이 잎맥을 들쑤시자
사연이 휘는지
손등을 뒤집는 저 자리
자디잔 그늘을 토닥거리는
각양각색 짧은 이별들!

놀이야 어느 땐들

쏘가리 회나 먹으러 가자고
굼뜬 앞사람이 한탄강 여울목을 들먹거린다
거긴 내 오랜 추억 물수제비뜨는 곳!
바위 들추면 참게만 한 가재들이 집게발 곧추세우고
달아난다, 몸통에 얼룩 반점 두른 쏘가리
너럭바위 밑으로 얼른 숨는다
이 화제, 여울에서 여울로 더듬는 사이
쏘가리 흰 살점 저며지듯 입맛 부서지니
놀이야 어느 땐들 못 가랴, 술 방에 죽치고 앉아
그림 속 쏘가리 떼나 잔뜩 노려본다면!

강과 달

하루의 종착이 그렇다는 듯
거망 노을이여, 굽치고 굽이치는 물줄기여
이 강 하구 어딘가 범람이 발원과 맞닿는 기적이 있어
어제 흘렀던 강물 오늘도 첫물로 흘러드는가
산 그림자 쏠리듯 지워지고 땅거미 무거워지면
즈믄 날 즈믄 날갯짓 스치는지
귀 밝은 갈대숲이 그 소리 그러안고
바람 문 바람살로 서걱거리는지
달빛이 다스리던 어제의 강물 흘러갔다
오늘은 그믐달만 시리도록 글썽이겠다

걱정

실가지 끝에 아기 잠자리 앉혀 놓고
엄마는 풀숲 감탕밭 헤매는가
활짝 열어젖힌 하늘이 늦도록
햇살 부려서
망사 날개옷 구겨질 듯 눈부신데
엄마가 걱정스러운 아기 잠자리
울바자 한 뼘쯤 벗어났다 되돌아서고
조바심에 한 뼘 더 벗어났다 돌아와 앉는
가을볕 어느새 수그리는
저물녘 실가지 끝

황금 연못

저녁의 정원에 연못을 파둔 이여,
잠깐의 환이 묵은 무늬를 완성하므로
금빛 지느러미가 휘젓는 가없는 파문
나 하나의 족장으로 다스리기엔
물고기의 나라가 너무 넓다, 어둠 오기 전
번쩍이는 비늘들 모두 거둬들여야 한다
낮이 밤을 만나는 길목인데 노는
물고기 한가롭고 그물 저렇게 환하다
발치에 닿은 이별이라고 서둘러야 할 까닭은 없다
연못 속 황금 물고기 죄다 놓아 보내야 하니!

지상의 문

같은 층 계단 옆 연구실 출입문에
달포째 시드는 사자의 문패,
검은 테를 두른 꺾인 꽃의 부활은 두렵다
늦은 밤 화장실 갈 때도
그쪽 층계는 애써 피한다

(아, 허망 실루엣!)

그는 참 별나고 속 깊은 향기였다
어디선가 활짝 피어나
골똘한 햇살과 마주하겠지
지상의 문은 어떤 꽃잎보다 먼저 닫힌다

후렴

어머니가 후렴처럼 물으신다, 늬 누고?
수없이 일러드린 그 물굽이다, 콱콱 결리는
가슴속 복면들과 마주 서면
어디선가 돛폭 구겨지는 소리가 들린다
몇 년째 벗어나지 못한 무풍지대에
한 점 바람이 분다는 것일까?
풍파에 펼쳤다면 격랑 속일 텐데
어머니는 여러 해째 같은 바다를 헤매신다
후렴조차 없다면 거룻배는
돌아서지 않는 썰물에 휩쓸린 것이다

하늘 난간

어떤 난간도 안팎으로 나눠지지만
경계를 넘나드는 바람 있으니
난간 턱에 걸터앉아 그대는
아래로 내려다보고 나는 그 아래인 듯
서로의 한때를 기대 세웠다, 이 안부
사라진 난간으로 천 길 시선에 매달리지만
곧추서는 바람도 없이 하늘로 솟구쳤다
쏟아져 내리는 저 새 떼처럼
붙들 곳 없어져 더 태연한 하늘 난간
그대가 이쪽을 지그시 건너다본다

가뭄이 없다면 적실 몽리(蒙利)도 없는 것

비가 내리면 어질러진 마음부터 젖을까 봐
변변한 세간 하나 없는 살림에도
빗자루 들고 가슴부터 쓸어 낸다, 이 격정은
땅거미 닫아거는 빗장의 안쪽
어느새 천수로 후드리는 빗소리
먹구름이 보자길 펴서 풍경을 덮고 있다
유리창도 복면 앞에서는 안절부절이어서
모서리 환한 골목을 끌고 번개가 날고
우레의 날에 천지 갈기갈기 찢겨 나간다
금 간 자국 씻기며 우는 항아리들!

혈서 일필

비행운이 잘라 놓은 사선 저편
일몰 간다, 어두워지기 직전이 자진 여울이라
저마다의 사연 깊어 목이 메는가
애잔 세상이 잠깐의 유정(有情) 같다
그 안쓰러움 탓인지, 가방을 메고
철길 건너는 청년 하나 제 그림자 밟더니
몇 걸음 못 가 어둠 속에 지워져 버린다
그가 빠져나간 뒷자린 듯
혈서 일필이 채우려다 마는 하늘
먹물 가득 엎질러졌다

물가재미식해

삭은 혀끝이 거머쥘 감칠맛 어디 있겠냐고
어머니, 할머니, 할머니의 그 할머니
구황하려 매운 손끝으로 버무려 온 물가재미식해
한 젓가락 듬뿍 퍼 올리고 싶다
흔하디흔한 물가재미 큼직큼직 채 썰어
무며 조밥, 마늘, 고춧가루에 비벼 간 맞춘 뒤
오지에 담아 아랫목에 두면 며칠 새
들큰새콤 퀴퀴하게 삭아 있던 밥 식해,
왜 오묘함은 가슴과 사귀는 좁쌀 별인지
밤새워 푸득거리는 눈발 한 채여도 안 서럽던!

나른한 협곡

기차가 고삐 끄는 한나절이다, 현동 저편까지
협곡을 피워 문 아지랑이 자옥한데
어느 역장이 겨우내 가꿔 놓은 꽃나무들일까?
꽃비로 전별해 보내는 골 안의 이 적막

그이는 구름을 타 넘는 차창 곁에 앉았나
인적 그친 간이역에서 눈 맞춰
일생이 닳도록 돌아오지 않을 작정인 듯
그을린 봄꿈이 이별로 휘날리는데

누가 깨워 놓은 생시일까, 천지 그득
연초록 눈시울로 풀리고 있다

어두워질 때까지

요 며칠 사이, 시야가 너무 맑아 상처조차
어찌나 환하던지, 수마 물어뜯고 간
작년의 들판 건너로 철새들 난다, 그쪽 골짜기는
산사태로 동네 하나 파묻힌 곳,
인부들이 무너진 방죽을 다시 쌓고 있다
지천을 휘갈기던 구름 다 어디로 갔나?
하늘 살림 거덜 날수록 가벼워진 하느님 바람기
남은 잎사귀들 간질이며 살랑대지만
상처는 지상의 몫일 거야, 오늘은
핏빛 노을, 저물도록 뭉클거린다

기차는 꽃그늘에 주저앉아

졸음기 그득 햇살로 쟁여졌으니
이곳도 언젠가 한 번쯤은 와 본 풍경 속이다
화단의 자미 늦여름 한낮을 꽃방석 그늘로 펼쳐 놓았네
작은 역사는 제 키 높이로 녹슨 기차 한 량 주저앉히고
허리 아래쪽만 꽉 깨물고 있다, 정오니까
나그네에겐 분별조차 고단하니 기다리는 동안
나도 몇만 톤 졸음이나 그늘 안쪽에 부려 놓을까?
불멸불멸하면서 평생 떠도느라 빚졌으니
모로 고개 꺾은 저 승객도 이승이란 낯선 대합실
깨어나면 딱딱한 나무 의자쯤으로 여길 것인가

바쁜 등기

공터 너머 베다 만 아카시아 숲에서
뻐꾸기 운다, 바뀐 지번 용케 찾아와
산동네 구 번지로 우는 뻐꾸기
간벌을 견뎌 유난한 꽃만도 아닌데
울음은 가시에 찔려서 화창한 대낮이다
올해의 독경(讀經), 풍경으로 퍼뜨리며
몸이 넘는 고비를 일러 준다
귀 밝은 우체부가 저 울음소리만 듣고서도
겨우내 묵힌 편지를 배달하리라
바쁜 등기의 여름이 성큼 와 닿는다

장마

며칠째 공사가 중단된 다가구 단지
일용 잡부들끼리는 양은 냄비로 잡담 끓이거나
소간 없는 심술로 서로 들볶지만
외상말코지 고스톱도 이제는 바닥이 나
페트병 막소주에 삼겹살 노린내나 비로 굽는다
곰팡내 물씬 나는 입맛 안쪽까지
들이치는 빗줄기여, 생각 몇 병으론
이 너절 기울 수 없어 한 사내가 주머닐 뒤집는데
둘러앉은 반편들도 며칠 전부터 빈털터리
굽질리는 빗소리에 불알 속이 다 질척거린다

화륜선

하늘을 굴리고 간다는
화륜선이 담장 너머에 정박해 있다
선객으로 가닿을 저마다의 항구,
나는, 1930년대식 사랑에 사로잡혀
시절을 닫아건 채 현해탄 건너왔다
대륙엔 아직 철 안 든 시(詩) 한창이리!
필생을 바친 누군가의 행장인 듯
보이는 곳까지만 덥수룩한 노을,

2005/2001

부석

출세간 대덕들 큰 발자국 성큼거린 천년 이래
족적 받은 잔설 따위가 아직도 녹지 않고
이끼 낀 부도들과 나란히 삭아 가는 곳, 부석일까?
풍화되면 푸석거릴 게 경전뿐 아니라서
풍경은 눈발로도 희끗거리지만
목수, 진흙 소 타고 절 고치러 개울 건너간 지 오래,
나는 어림할 수 없어 골짜기 저쪽
길게 지우는 세 갈래 부석 길 앞에 두고
검은 구름 잔뜩 인 첩첩 산 그림자 바라보지만
정작 돌이 들뜨는 부석까지 가 보지 못했다

수상한 접선

깜빡 낮잠 들었나, 가위눌린 교성에 눈이 떠져
창밖을 내다보니 석양에 엎드린 지붕들
키 큰 상수리나무의 정원이 되고 있다, 이쪽 언덕은
숲 속에 늙은 호텔을 들어앉힌 곳,
털리다 남은 나뭇잎들 겨울 가지에 붙들려
져야 할 때를 놓치고 있다, 비늘구름 벗겨지면
왜 수상한 접선은 보랏빛 띠를 펼쳐 허공을 흐리는지
뒤뜰, 주차장 쪽문이 열리고 두리번거리던 남녀
황급히 차를 빼내 포장 밖으로 사라진다
여태 둥지조차 틀지 못했는가, 탁란 새 한 쌍!

너의 문안에 대답할 수가 없다

쪽대문 위로 며칠째 지등을 띄워 놓은 집
담장 밖으로 줄장미가 봉오리째 벗고 있다
올 한 해 봄 안 내다보고
문이란 문 닫아걸고
거 울고 있는 사람 누군교?
펼쳐 보지 못해 접을 수도 없는
지는 꽃 앞이라 발걸음 쿵쾅거릴 수가 없다
알고 있다는 듯 출렁거리는 우기의 예감 앞장세우고
한참 있다 저물어야 할 저녁이 미리 와서
저 집 담장 아래 쭈그리고 앉았다

파르르

홀로 기도를 바치시는 팔순 어머님
새벽마다 밟고 오르는 기도원 계단에도
간밤엔 한 치쯤 눈 깔렸겠다

한 발 두 발 절름거리며 디디시던
그 반 폭 미답이 내 요술 담요였을까?

순백의 화살기도 한 줄기
새벽의 머리맡에 파르르, 운다

산벚

제 꽃잎 뜯어내 개울에 내던지는
저 산벚 바라보면

새 꽃잎 입고 벗으며 한 해를
삭여 내는 것
드난살이 같아서 내게는 선연하게 피 흘리는
윤회가 없어야 한다

목숨이란 곡절의 가지 끝에 피맺힌
봄꽃 아니냐!

아침

여명의 하늘로 뒤처진 한 톨 끌고
보리쌀만 한 새들 날아간다, 무슨 새들일까?
아직 덜 깬 잠의 테두릴 어루만지는
광물성 소리의 파문,
밀물 썰물이 환한 교대로
새벽의 개수대에서 철썩거리면
공손한 복록(福祿)이라 한 줄 두루마리에 빽빽하게
시간의 금맥은 뿌려진다
어머니는 무슨 수로 하루 햇살과 맞서려는지
또 어떤 길일이라고 매양 낯선 틈새를 기우시는지

황룡사

폐원의 구름들은 몇 층이나 탑신을 쌓고 쌓는가
허공 떠받들어 주춧돌 하늘에 닿았으니
이 공양 푸른 허기로 지어 올린 지 이미 오래다
쌓았다 허물고 옮겨 가며 다시 부리는 것은
뜬구름이나 하는 짓, 등성이 저편까지
노을은 진작부터 알고서 붉혔던 것일까?
어스름에 불려 온 성채, 검은 현으로 덮치는 듯
홀로 늙어 가는 악공은 제 행처를 감추리라
날아오르지 못한 누대여, 폐정만 같아
절이 비운 자리, 민들레 옹기종기 엎어져 있다

서호 일박

저녁밥 나르려 나갔는지, 민박집은
불러도 기척이 없다
평상에 앉으면 어스름 깊이로 가라앉아
먹물 풀리듯 저수지 깔려 오지만
수양버들이 여직 수면을 붓질하고 있으니
유원지 불빛으로 휘저어지는
저녁은 느릿느릿 지나가는 물속 시간인가
달이 부려 놓은 저 달 보아라, 구름옷
벗어 놓고 알몸으로 갸웃하느냐!
잠시 그늘지고 바닥까지 환하다

가족

열흘 가까이 소변을 보지 못해 요독이 뻗쳤다고
뭉개진 사구체로는 더 이상 지탱할 수 없다고
수심 가득 쟁이며 서성거리는 저 여자
투석 받는 환자보다 힘들어했다
창밖 무성한 그늘이 받치고 선 여름이여
장마 오더라도 축축이 젖어 즐거울 아이들 재잘거림
6인 병실을 채우고도 세찬 빗줄기와 맞설 텐데
침대 옆에 오종종 모여 앉은
주근깨투성이 여자와 어린 남매, 네 가족이
오그리고 지낸 지도 몇 달 되었다고

황사 속에서

용납되지 않는 사소함으로 치명에 이른
그를 문병하고 돌아오는 봄날 저녁
웬 사막인지, 모래 속에 차들 주저앉아 있다
저 황사, 보이지 않는 곳으로 휩쓸려 가다
쏟아 버린 누군가의 모래시계일까
개가죽 쓴 이별이 마구 짖으며 뒤따라오니
목숨은 누구도 수정할 수 없어
미처 못 버리는 습관
너는, 바쁜 길손이었다, 깊디깊은
적막 속 미등을 매달고
나 또한 황사 속을 헤매고 있으니

함박꽃 장례

슬픔보다 비 걱정 앞서던
친구 묏자린 큰길 아래 선산, 집중 호우에
날로 파인 봇도랑 넘쳐흘렀는데
하관할 구덩일 덮칠까 봐 조바심치는 비의 마음
속속들이 질척거렸는데
평토제 겨우 끝낸 뒤 묏 둑 아래 밥집
고인의 육촌 형님 댁 마당 가로 웬 함박꽃
음복술에 취한 꽃떨기 세찬 빗줄기에 하늘거리네
살아 매 맞는 낯빛 저리 환하니
궂은 날의 춤사위도 시리도록 선명하니!

12007515

열차가 멈춰 서 있고 군인들이 분주하게
뭔가를 수습하고 있다
철길 따라 도보 순찰 나선 바닷가 둔덕
새벽차가 뭉개 버렸는지 허리 아래
몽땅 잃어버린 상체 하나 선로 옆 시멘트 옹벽에
비스듬히 기대앉았다
달포 전 남한산성에서 풀려났다던가, 두 번씩이나
탈영했다는 그 늙은 이병
잠 속으로 파고드는 밤기차에 올라
어디든지, 나도 철조망 타 넘고 싶었다

염소

거름 더미 안쪽에 구덩이 파고
소금을 깔아 염소를 질식시켜 잡는 모습을
그해 겨울에도 보았다
태생부터 병약했다는 동생을 잃고서도
어머니는 이듬해 가을 다시 동생을 보고
나는, 염소 사라져 풀들 시들해진
동네 앞 염소 들판이나 진종일 쏘다녔다
허공에 매이는 염소 구름 펼쳐 들고 만장 바다는
상여 길이라도 울음 하나 없는 거지 상여
아득히 떠가곤 했다

진해

간밤 늦도록 술잔을 기울였던 부두 뒷골목 카페
누군가 취한 나를 숙소로 안내했을 텐데
한낮 다 되어 깨어나니 엊저녁 헤매던 로터리 근처다
함께 술 마시던 친구들 모두 어디로 갔나
속은 쓰린데 멍하니 혼자뿐이네
일요일이라 이 오전, 사람도 차도 듬성한데
건너편 회색 단층 러시아 풍 우체국 유리창 안쪽에
누군가 있다! 뉘게 부칠 편지를 쓰고 있나?
벚 단풍에 파도 소인 찍힌 엽서 나도 받았거니

여를 감싸다

만경 신포에 밀물 들어
물 첨벙 수다에 작은 여 큰 여 잠방거리다
한 둘씩 물 보자기에 감싸이는 것 보네

어떤 해는 반나마 갈앉은 수평 너머로
날 저문데 무슨 자맥질인지
꾸룩 꾸구룩 숨차서 빼무는 붉은 혓바닥
단 숨을 핥아 구름도 꽃놀일까?

파랑 다 털린 바다가 뭍으로 기어 온다
외딴 절집 망해사 마당까지!

여울 바위 아래 고요가 산다

십 척도 더 되는 아랫도릴 가시로 박아 놓고
물의 길 바꾸면서 바위는 섰다
급류가 밀어내는 건 부딪혀 부서지는 물보라뿐

소란을 잠재우지 않는 여울이여,
물살을 두려워하지 않는 바위여,

거센 물줄기가 허공을 흔드는 동안
그늘을 넓혀 소(沼) 된 깊이들

산속 고요를 깨뜨리는 여울 바위 아래
쏘가리나 꺽지가 산다

달랑

하루 종일 그녀가 옮긴 거리는
백 보 남짓하다, 밭고랑 타고 앉아
호미질로 붉은 살 흘려 놓는 저 여자
푸른 콩은 알고 있을 테지, 가을걷이까지는
온 것보다 더 긴 이랑 건너야 한다
낙과의 시절이 시작되나, 달랑
저녁은 온다, 밥 짓는 동네와
마을 어귀에서 노는 고만고만한 아이들
이 집 저 집 부르는 소리에
흩어져 뛰어가는 저 조무래기들 등 뒤로도

저 차도 달리고 싶다

부둣가에 매어 놓은 목선 한 척,
덧칠 벗겨지고 갑판도 군데군데 뜯겼지만
이물은 바다를 향해 있다
홍시를 물고 한참을 오물거리다 힘겹게
감 씨 뱉어 내는 좌판 뒤의 할머니,
주름 짙은 입술 가에 처녀 적 웃음 묻어난다
가없는 물결 바다로 목선은 흘러가고
멈추기 전까지 시든 살들 부서지니
골목길에 버려진 저 차도 달리고 싶다

쾌청

눈꽃 활짝 피운 아침의 산책길
푸드덕 까마귀 한 쌍 날아오릅니다
겨울 소나무 숲이 공손하게 받드는 하늘이
까마귀 두 점으로 더욱 화창합니다
쾌청은, 한둘 오(烏)점이 있어야 아뜩한 것
막장까지 비춰 내는 푸름이므로
바늘구멍, 그 한가운데가 우주의 중심이라도
가까이, 가까이로 꿰뚫고 싶습니다
까옥, 까까옥!
까마귀들이 하늘을 끌고 까마득히 솟구칩니다

골몰의 시학 ― 열 줄의 실행

근년의 한가함을 빌미 삼아 묵은 글을 들추다가, 지면으로 발표했던 시편들 중 적잖은 분량이 그동안의 시집에서 누락되어 있음을 발견했다.(한 권 시집으로 수습하느라, 열외된 시편들이 생겨난 것이다.) 그리고 보니 첫 시집 『동두천』을 묶을 때도 등단 초기 몇 년간의 작품들을 모두 버렸던 이력이 내게는 있다.(심지어 등단 작품인 「출항제」조차 시집에 거둬 싣지 못했다.) 수습된 작품들은 대개 길이가 짧은 10행 전후의 시편들이다. 시의 함량은 길이로 가늠되지 않으니, 짧은 시여서 제쳐 놓은 것은 아니라 시집이 엮일 당시의 요건에 맞지 않았을 것이다. 흩어진 작품들을 정리하면서, 나는 문득 이들 시편만으로 한 권 시집을 꾸려 볼까, 궁색한 궁리를 떠올렸다.

시 창작 교실에서 학생들과 함께 우리 시를 읽으며, 나는 정지용의 「유리창」이나 백석의 「모닥불」 등이 보여 주는 극진한 서정에 한없이 매료되곤 했다. 정지용의 「유리창」은 10행의 응축으로도 끝없이 확장되는 절품(絶品)의 경지를 펼쳐 보인다. 시행이 열 줄로 마무리된 것은 의도된 결과라기보다는 이 시의 우연일 것이다. 그러고 보니 이육사의 「절정」은 4연 8행의 시다. 연과 연을 갈라 놓는 공행을 시행으로 음미한다면, 이 작품은 11행의 시로 읽혀야 마땅하다. 공행을 실행처럼 간주할 때, 시는 온전하게 향유된다. 이런 식으로 살핀다면 서정주의 「대낮」은 9행을 실현하지만, 4연으로 구획한 까닭에 12행의 시로 읽힌다. 또한 그의 「영산홍」은 10행의 실행을 펼쳐 놓지만, 2행 1연의 호흡을 살려 네 차례나 공행을 끼워 넣었으니, 14행의 시로 음미해야 옳을 것이다. 서정주는 다양한 형식을 실험했지만, 몇 줄의 시로도 존재와 세계를 선명하게 대비시켰다.(가령, 「동천」은 불과 다섯 행으로 마무리되었다.) 그러고 보니, 수백 행을 낭비하는 시가 있듯이, 단 몇 행으로도 장강을 이뤄 바다에 닿는 절창이 존재하는 것이다.

시는 태어난 토양을 간직하며, 생산의 토대인 무의식이나 감각, 경험 등 심층을 표면화한다. 시는 개인의 사정이나 부족의 역사, 시대의 정신 등에 포섭되는 까닭에 그 다양성을 관용의 틀로 얽맬 수는 없다. 시는 형식에 담기지만 무언가에 가둬졌다고 느끼는 순간, 시체처럼 뻣뻣해진다.

형식은 내용을 건사하는 한갓진 관(棺)이 아니다. 형식은 맥박과 율동으로 살아 숨 쉬는 저마다의 시에 육체성을 부여하고, 맥락에 어울리는 긴장과 해조로 독자를 매료시킨다. 시의 번역이 까다로운 것은 시적 방언을 기저에서 표층까지 격동시키는 형식을 제대로 번안할 수 없는 까닭이다.

시의 숙명으로 말한다면, 시인이 형식을 고르고 시를 선택하는 것이 아니라, 시어가 형식을 고르고 시는 써진다. 그래서 "언어의 존재 수단"이 되는 시인은 "언어가 귀띔해 주는 대로, 혹은 단순히 일러 주는 대로" 다음 줄을 받아 적을 따름이다(요시프 브로드스키). 잘 써진 한 편 시의 완결성, 그것은 자족하는 형식의 궁극이다. 그런데 전도나 일탈로 개성을 작동시키려 드는 현대시의 현실에서, 형식은 시의 본유에 비껴 세워지기 십상이다. 격식에 함몰되어 운신조차 부자유해지는 고루한 전형이어서는 안 되겠지만, 필연을 상실한 채 방종으로 흐르는 무잡한 낭비도 문제라 하겠다. 줄글의 산문시가 횡행하는 오늘의 서정시에서 형식은 시의 미학과 관계없는 잣대로 잘못 재단되고 있다.

시의 응축과 확장, 정지와 순환, 부정과 긍정은 시대의 정신 위에 굴기한다. 그런 의미에서 정형시는 어족 정서의 미학적 결정(結晶)이다. 형식이 하나의 전형으로 우뚝 서기까지는 오랜 역사적 경과와 경험의 축적이 요구된다. 돌이켜 보면 10구체가 주류인 '향가'나 3장 형식인 '시조'에는 당대의 희로애락을 온축시킨 세계관이 반영되었을 것이다.

우리 시사에 향가나 시조와 같은 서정 형식이 시대의 관습으로 솟아올랐다는 것은 기적이라 할 만하다. 시조가 지금까지 계승되는 까닭도 전통을 습합하려는 시대 의지로 이해해야 한다. 따라서 지금의 시조에게 당대를 함축하는 미의식을 요구하는 것도 지극히 당연한 일인 것이다.

시의 형식은 움직임의 질서다. 그것은 단순히 통사 구문의 집합으로 실현되는 것이 아니다. 그때그때의 함량으로 발휘되는 정서적 분절은 호기(呼氣)와 단락을 지연시키거나 배분하는 구조로 나타난다. 흡기(吸氣)와 휴지의 탄력은 낱말과 낱말, 행과 행, 연과 연 사이의 의미를 넓히거나 메우거나 비약시키면서 약동한다. 시의 율독성을 떠올린다면, 시에서는 어떤 글쓰기보다 행과 연이 강조된다.(산문시라 할지라도 그럴 수밖에 없는 형식의 필연이 납득되어야 한다.) 시의 형식은 음소와 음절, 낱말의 강약과 장단, 그 연쇄와 떨림 등을 구체화하는 일종의 복안이다. 개별 작품의 모든 것으로 조절되는 형식은 그 내적 필연성에 따라 상호 의존적으로 시를 구체화한다. 형식은 개별 시편의 미학적 변별성을 넘어서서, 한 시인의 개성이나 육체, 영혼과도 깊이 관계하는 것이다. 그렇다고 시의 최량이 형식만으로 결정되는 것은 아니다. 시는 무한 증식의 모습으로 우주율에 복속하는 까닭에 그 단속의 행방조차 마침내는 초월한다.

시의 형식은 일차적으로 쓴 사람의 개성과 욕망을 반추한다. 특히 자유시는 시행의 분절과 행간 걸침, 공행들로

무수한 개성을 배치하는 까닭에, 일정한 틀로 조직되는 리듬의 결을 쉽게 따라나서지 않는다. 자유시는 기성의 규범에 가둘 수 없는 자율을 누리지만, 시행 및 연의 분절이 율독을 구체화하고, 의미의 강조와 변환을 체계화한다는 점에서 엄연히 율행을 실현하는 것이다. 어떤 시편이 형식으로 해조적 욕망을 조절한다면, 그 성패는 작품에 나타난 구체적인 결과, 곧 시적 경험의 균제와 조화, 미의식의 필연성 등으로 살펴야 한다.

그렇다면, 한 권 시집을 10행 안팎의 시편으로 한정해 보려는 이 시집의 시도는 어떤 전형에 관한 제안이라기보다는 이런 배려로도 시적 감흥이나 개성이 충분히 달성되는가, 등을 가늠해 보려는 실험적인 의도를 반영하는 것이다. 곧 10행으로 실증해 보려는 것은 작품의 길이가 아니라 신장이나 응축 등 시적 구조로서 달성되는 심미적인 함량이다. 따라서 10행이라지만 공행까지 포함해 거기 해당하는 작품이 있으며, 한두 행 모자라거나 넘치는 시편도 포용이 되는 것이다. 열 줄은 규제가 아니라, 형식을 성립시키는 요건으로 동조되는 심정적인 준칙인 까닭이다. 한두 곳 공행을 걸친다면, 실제의 작품은 당연히 10행을 넘어선다. 마찬가지로 10행에 훨씬 못 미치는 시도 당당하게 저의 지위를 유지한다. 형식의 역설이 시를 풍요롭게 만드는 것이다.

이 시집 속의 열 줄 시는 의도적으로 그러모아진 것이 아니다. 그동안 골몰했던 시 의식의 그늘 속에 잠재해 있던 파문이 되살아난 것이다. 10행 형식은 심미적인 분량으로 오로지 이 시집에서만 고려되었다. 그러므로 그것은 형식의 가능성을 살펴보려 한 탐색으로서 유효하다. 이 시집 속의 개별 시편들은 독자적인 질서로서 각각의 10행을 계량해 보이는 것이다. 시의 자유는 속박이 돌파될 때까지 끊임없이 쟁투한다. 따라서 이 시집에서의 실행 또한 모호한 채로 열 줄 형태를 부여받지만, 그것조차 벗어 버리려는 의지를 함축한다. 이 시집을 엮어 내는 나의 궁리는 10행을 통과하면서 경험하는 시적 변신의 꿈이 앞으로의 시작에도 긍정적으로 작동하기를 바라는 것이다. 그렇더라도 자의식은 당면한 모순을 한동안 감내할 수밖에 없겠다.

이 시집에는 대략 15년의 연차를 지닌 시편들이 함께 묶여 있다. 수습해 놓고 보니, 지난 15년간 나의 시 의식은 허무나 죽음에 함몰되었던 듯하다. 임의로 분할한 5년 단위의 세 묶음이라도 주제의 시차는 뚜렷하게 변별되지 않는 것으로 읽힌다. 다만, 세 번째 장으로 묶인 앞선 시기의 시편들이 체험의 직접성에 몰두했다면, 두 번째 장으로 묶인 다음의 5년은 풍경의 배후에 도사린 그늘로 덩어리째 견인된 듯하다. 거기에 비추면 최근의 시편들은 현상보다는 심층에의 관심이 두드러진다. 짧지 않은 간극에도 변별점이 뚜렷하게 부조되지 않는다면, 정황이나 심중을 요약하듯 간추려야 하는 열 줄의 둘레 탓일 수도 있겠다.

말의 질서를 조직하고 완결하려는 시의 힘, 그것은 완성을 지향하지만 결코 완성으로 이끌리지 못한다. 아도르노 또한 "죽음의 손길이 거쳐 간 거장의 손은 형태를 만들기 위해 사용하는 재료 덩어리를 자유롭게 놓아준다. 그 터진 곳과 갈라진 틈, 존재의 본질에 마주한 자아의 유한한 무력함의 증인이 바로 최종 작품이 된다."라고 창작의 과정을 에둘러 말하지 않았던가. 그렇더라도 모든 시도는 질서를 새롭게 상량해 보려는 나름대로의 의미를 지닐 것이다. 결과가 이렇게 한 권의 시집으로 묶였지만, 기왕의 시집에서 선외로 했던 작품들을 따로 챙겨야 하는가, 끝까지 망설임이 없지 않았다. 부끄러움을 감내하는 대신, 나는 자칫 산질되었을 내 시의 고아들과 함께 살아갈 거처를 마련했으니, 근거를 잃었던 이전의 시간들도 여기 고여 새삼 애틋하다.

지은이   김명인

1946년 경북 울진에서 태어났다.

1973년 《중앙일보》 신춘문예에 시 「출항제」가 당선되어 등단했다.

시집 『동두천』, 『머나먼 곳 스와니』, 『물 건너는 사람』, 『푸른 강아지와 놀다』,

『바닷가의 장례』, 『길의 침묵』, 『바다의 아코디언』, 『파문』, 『꽃차례』,

『여행자 나무』와 시선집 『따뜻한 적막』, 『아버지의 고기잡이』,

산문집 『소금바다로 가다』 등이 있다.

소월시문학상, 현대문학상, 이산문학상, 대산문학상 등을 수상했다.

기차는
꽃그늘에 주저앉아

1판 1쇄 펴냄 2015년 3월 6일

1판 2쇄 펴냄 2015년 12월 7일

지은이 김명인

발행인 박근섭, 박상준

펴낸곳 (주)민음사

출판등록 1966. 5.19. (제16-490호)

서울특별시 강남구 도산대로1길 62(신사동)

강남출판문화센터 5층 (우편번호 06027)

대표전화 515-2000 / 팩시밀리 515-2007

www.minumsa.com

ISBN 978-89-374-0827-4 04810

     978-89-374-0802-1 (세트)

민음의 시

민음의 시
목록

001 **전원시편** 고은

002 **멀리 뛰기** 신진

003 **춤꾼 이야기** 이윤택

004 **토마토 씨앗을 심은 후부터** 백미혜

005 **징조** 안수환

006 **반성** 김영승

007 **햄버거에 대한 명상** 장정일

008 **진흙소를 타고** 최승호

009 **보이지 않는 것의 그림자** 박이문

010 **강** 구광본

011 **아내의 잠** 박경석

012 **새벽편지** 정호승

013 **매장시편** 임동확

014 **새를 기다리며** 김수복

015 **내 젖은 구두 벗어 해에게 보여줄 때**
      이문재

016 **길안에서의 택시잡기** 장정일

017 **우수의 이불을 덮고** 이기철

018 **느리고 무겁게 그리고 우울하게** 김영태

019 **아침책상** 최동호

020 **안개와 불** 하재봉

021 **누가 두꺼비집을 내려놨나** 장경린

022 **흙은 사각형의 기억을 갖고 있다** 송찬호

023 **물 위를 걷는 자, 물 밑을 걷는 자** 주창윤

024 **땅의 뿌리 그 깊은 속** 배진성

025 **잘 가라 내 청춘** 이상희

026 **장마는 아이들을 눈뜨게 하고** 정화진

027 **불란서 영화처럼** 전연옥

028 **얼굴 없는 사람과의 약속** 정한용

029 **깊은 곳에 그물을** 남진우

030 **지금 남은 자들의 골짜기엔** 고진하

031 **살아 있는 날들의 비망록** 임동확

032 **검은 소에 관한 기억** 채성병

033 **산정묘지** 조정권

034 **신은 망했다** 이갑수

035 **꽃은 푸른 빛을 피하고** 박재삼

036 **침엽수림에서** 엄원태

037 **숨은 사내** 박기영

038 **땅은 주검을 호락호락 받아 주지 않는다** 조은

039 낯선 길에 묻다 성석제

040 404호 김혜수

041 이 강산 녹음 방초 박종해

042 뿔 문인수

043 두 힘이 숲을 설레게 한다 손진은

044 황금 연못 장옥관

045 밤에 용서라는 말을 들었다 이진명

046 홀로 등불을 상처 위에 켜다 윤후명

047 고래는 명상가 김영태

048 당나귀의 꿈 권대웅

049 까마귀 김재석

050 늙은 퇴폐 이승욱

051 색동 단풍숲을 노래하라 김영무

052 산책시편 이문재

053 입국 사이토우 마리코

054 저녁의 첼로 최계선

055 6은 나무 7은 돌고래 박상순

056 세상의 모든 저녁 유하

057 산화가 노혜봉

058 여우를 살리기 위해 이학성

059 현대적 이갑수

060 황천반점 윤제림

061 몸나무의 추억 박진형

062 푸른 비상구 이희중

063 님시편 하종오

064 비밀을 사랑한 이유 정은숙

065 고요한 동백을 품은 바다가 있다 정화진

066 내 귓속의 장대나무 숲 최정례

067 바퀴소리를 듣는다 장옥관

068 참 이상한 상형문자 이승욱

069 열하를 향하여 이기철

070 발전소 하재봉

071 화염길 박찬

072 딱따구리는 어디에 숨어 있는가 최동호

073 서랍 속의 여자 박지영

074 가끔 중세를 꿈꾼다 전대호

075 로큰롤 해본 김태형

076 에로스의 반지 백미혜

077 남자를 위하여 문정희

078 그가 내 얼굴을 만지네 송재학

079 검은 암소의 천국 성석제

080 그곳이 멀지 않다 나희덕

081 고요한 입술 송종규

082 오래 비어 있는 길 전동균

083 미리 이별을 노래하다 차창룡

084 불안하다, 서 있는 것들 박용재

085 성찰 전대호

086 삼류 극장에서의 한때 배용제

087 정동진역 김영남

088 벼락무늬 이상희

089 오전 10시에 배달되는 햇살 원희석

090 나만의 것 정은숙

091 그로테스크 최승호

092 나나 이야기 정한용

093 지금 어디에 계십니까 백주은

094 지도에 없는 섬 하나를 안다 임영조

095 말라죽은 앵두나무 아래 잠자는 저 여자
         김언희

096 흰 책 정끝별

097 늦게 온 소포 고두현

098 내가 만난 사람은 모두 아름다웠다
         이기철

099 빗자루를 타고 달리는 웃음 김승희

100 얼음수도원 고진하

101 그날 말이 돌아오지 않는다 김경후

102 오라, 거짓 사랑아 문정희

103 붉은 담장의 커브 이수명

104 내 청춘의 격렬비열도엔 아직도
         음악 같은 눈이 내리지 박정대

105 제비꽃 여인숙 이정록

106 아담, 다른 얼굴 조원규

107 노을의 집 배문성

108 공놀이하는 달마 최동호

109 인생 이승훈

110 내 졸음에도 사랑은 떠도느냐 정철훈

111 내 잠 속의 모래산 이장욱

112 별의 집 백미혜

113 나는 푸른 트럭을 탔다 박찬일

114 사람은 사랑한 만큼 산다 박용재

115 사랑은 야채 같은 것 성미정

116 어머니가 촛불로 밥을 지으신다 정재학

117 나는 걷는다 물먹은 대지 위를 원재길

118 질 나쁜 연애 문혜진

119 양귀비꽃 머리에 꽂고 문정희

120 해질녘에 아픈 사람 신현림

121 Love Adagio 박상순

122 오래 말하는 사이 신달자

123 하늘이 담긴 손 김영래

124 가장 따뜻한 책 이기철

125 뜻밖의 대답 김언희

126 삼천갑자 복사빛 정끝별

127 나는 정말 아주 다르다 이만식

128 시간의 쪽배 오세영

129 간결한 배치 신해욱

130 수탉 고진하

131 빛들의 피곤이 밤을 끌어당긴다 김소연

132 칸트의 동물원 이근화

133 아침 산책 박이문

134 인디오 여인 곽효환

135 모자나무 박찬일

136 녹슨 방 송종규

137 바다로 가득 찬 책 강기원

138 아버지의 도장 김재혁

139 4월아, 미안하다 심언주

140 공중 묘지 성윤석

141 그 얼굴에 입술을 대다 권혁웅

142 열애 신달자

143 길에서 만난 나무늘보 김민

144 검은 표범 여인 문혜진

145 여왕코끼리의 힘 조명

146 광대 소녀의 거꾸로 도는 지구 정재학

147 슬픈 갈릴레이의 마을 정채원

148 습관성 겨울 장승리

149 나쁜 소년이 서 있다 허연

150 앨리스네 집 황성희

151 스윙 여태천

152 호텔 타셀의 돼지들 오은

153 아주 붉은 현기증 천수호

154 침대를 타고 달려의 신현림

155 소설을 쓰자 김언

156 달의 아가미 김두안

157 우주전쟁 중에 첫사랑 서동욱

158 시소의 감정 김지녀

159 오페라 미용실 윤석정

160 시차의 눈을 달랜다 김경주

161 몽해항로 장석주

162 은하가 은하를 관통하는 밤 강기원

163 마계 윤의섭

164 벼랑 위의 사랑 차창룡

165 언니에게 이영주

166 소년 파르티잔 행동 지침 서효인

167 조용한 회화 가족 No. 1 조민

168 다산의 처녀 문정희

169 타인의 의미 김행숙

170 귀 없는 토끼에 관한 소수 의견 김성대

171 고요로의 초대 조정권

172 애초의 당신 김요일

173 가벼운 마음의 소유자들 유형진

174 종이 신달자

175 명왕성 되다 이재훈

176 유령들 정한용

177 파묻힌 얼굴 오정국

178 키키 김산

179 백 년 동안의 세계대전 서효인

180 나무, 나의 모국어 이기철

181 밤의 분명한 사실들 진수미

182 사과 사이사이 새 최문자

183 애인 이응준

184 얘들아, 모든 이름을 사랑해 김경인

185 마른하늘에서 치는 박수 소리 오세영

186 ㄹ 성기완

187 모조 숲 이민하

188 침묵의 푸른 이랑 이태수

189 구관조 씻기기 황인찬

190 구두코 조혜은

191 저렇게 오렌지는 익어 가고 여태천

192 이 집에서 슬픔은 안 된다 김상혁

193 입술의 문자 한세정

194 박카스 만세 박강

195 나는 나와 어울리지 않는다 박판식

196 딴생각 김재혁

197 4를 지키려는 노력 황성희

198 .zip 송기영

199 절반의 침묵 박은율

200 양파 공동체 손미

201 온몸으로 밀고 나가는 것이다

       서동욱·김행숙 엮음

202 암흑향 暗黑鄕 조연호

203 살 흐르다 신달자

204 6 성동혁

205 응 문정희

206 모스크바예술극장의 기립 박수 기혁

207 기차는 꽃그늘에 주저앉아 김명인

208 백 리를 기다리는 말 박해람

209 묵시록 윤의섭

210 비는 염소를 몰고 올 수 있을까 심언주

211 힐베르트 고양이 제로 함기석

212 결코 안녕인 세계 주영중

213 공중을 들어 올리는 하나의 방식 송종규

214 희지의 세계 황인찬

215 달의 뒷면을 보다 고두현

216 온갖 것들의 낮 유계영

217 지중해의 피 강기원